Tomasz Bąk

Canada

traduit du polonais par Michał Grabowski
en collaboration avec Clément Llobet

Collection *Ailleurs est aujourd'hui*
éditions LansKine

Hip

Szydera rozbija się. Puszczony w skarpetkach
samobieżnych gram arytmię na lewej zastawce
Babilonu, gdzie występność środka poleruję niewinnością celu.

Sedes z marketu jest znakomity.
Na jego gruzach powstanie nowy, wspaniały świat
lub klubokawiarnia dla hipsterii; dla takich rzeczy

naprawdę warto się zadłużać. Sedes z marketu
jest znakomity. Są poza prawem suplementy,
które umożliwiają załogowe loty na dowolną z planet.

Najlepsze, co możesz zrobić w życiu, to otworzyć
własną restaurację lub pizzerię! Pokaż mi swój łom,
a powiem ci, jaki z ciebie lewak.

Hip

Le sarcasme s'écrase. Va-nu-pieds en chaussettes
auto-guidées, je joue une arythmie sur la valve gauche
de Babylone, où je polis la fourberie du moyen avec l'innocence du but.

La cuvette de WC du supermarché est idéale.
Sur ses gravats on bâtira le meilleur des mondes
ou un club café pour hipsters ; pour ces choses-là

ça vaut le coup de s'endetter. La cuvette de WC du supermarché
est idéale. Hors la loi sont les compléments alimentaires
ouvrant l'accès à des vols habités sur la planète de son choix.

Rien de mieux à faire dans la vie que d'ouvrir
ton resto ou ta pizzeria ! Montre-moi ton passe-partout
et je te dirai quel gauchiasse tu es.

Chiny

Druk na palcach, ślady linii papilarnych na drukach.
W ten sposób obala się mity o zbrodniach doskonałych,
małżeństwach z miłości, gregoriańskich formach antykoncepcji.

Chiny są wszędzie – jesz, śpisz, trawisz.
Chiny. Wszystko twoje, co wyłowisz z odpływu.

Rozmowa z przedstawicielem kontynentu azjatyckiego
wykrzacza się? Prawidłowo. Bądź pestycydem,
naturalnym; jak plankton zza zęba dryfuj po bezneciu.

Do reszty masz ludzi, spójrz – plankton zazębia się
w trybach rozkazujących, zdalnie. Krasnoludki grają ślepców,
wykonują krecią robotę – irygują, spulchniają, wietrzą.

To ewolucja systemów społeczno-ekonomicznych dla zuchwałych
– wygłuszonymi palcami depczemy po przykrywce;
folii rozciągniętej nad zagonem truskawek.

Płytko? Zedrzyj filc ze stopy i tupnij.
No tupnij. Wymierz w system i dupnij.

La Chine

Traces d'impression sur les doigts et d'empreintes digitales sur les impressions.
On fait tomber ainsi les mythes des crimes parfaits,
des mariages d'amour, des formes grégoriennes de contraception.

La Chine est partout – tu ingères, dors et digères.
La Chine. Tout ce que tu récupères dans l'égout est pour toi.

Une conversation avec un représentant du continent asiatique
dérape ? Normal. Sois pesticide,
naturel ; comme le fretin, passe entre les mailles de l'absence de réseau.

Pour le reste, t'as des gens, tu vois – le fretin piloté s'imbrique
dans le mécanisme. Les nains jouent les aveugles,
travaillent en mode taupe – irriguent, labourent, aèrent.

C'est l'évolution des systèmes socio-économiques pour les braves
– avec nos doigts silencieux nous tapons la surface
d'une bâche étendue sur un champ de fraises.

Peu profond ? Arrache le feutre de ton pied et tape.
Tape, je te dis. Vise le système et frappe.

Kakofonia

Centrum ma swój beat: orkiestrę na światłach,
big band w drogerii. Przed skrzyżowaniem jest czas na chill
– niewielką improwizację na rozkopanym chodniku.

Muszę uważać, by nie zginąć na wybrukowanej pięciolinii,
gdy pod nogami plączą się basy, błyszczą szesnastki,
między młot a kowadło trafia pisk, hamulec bezpieczeństwa.

Jestem nu jazzem w szerokich butach, zupełnym kosmosem,
melotronem. Nie podobam się publiczności, więc spieprzam
z duszą na ramieniu, uosabiam soul, bis, ostatnie pożegnanie.

Rozjechany kot przypomina mi, że nie ma już rzeczy wiecznych
– na ten moment, forever to tylko Batman, Rabka i remonty.

Cacophonie

Le centre a son beat : son orchestre aux feux,
son big band dans une parapharmacie. Au croisement on passe au chill
– une petite impro sur un trottoir en travaux.

Je dois faire gaffe à ne pas me faire tuer sur la portée pavée,
où entre les jambes s'emmêlent les basses, les doubles croches brillent,
un crissement survient entre le marteau et l'enclume, un frein de secours.

Je suis un nu-jazz botté large, un délire total,
un mellotron. Je plais pas au public, donc je me casse
la queue entre les jambes, je personnifie la soul, un rappel, un dernier adieu.

Un chat écrasé me rappelle qu'il n'y a plus rien d'éternel
– pour l'instant, forever c'est seulement Batman et le trafic perturbé.

Woalka [praxis]

O trzeciej dziewiętnaście czasu polskiego, na Powiślu, Polesiu
bądź Nadodrzu, przed burokolorowym telewizorem marki Rubin
i Canal+ z kradziochy, kibic staje się wywrotowcem.

Właśnie nadają NHL. Obrona Kojotów jest dziurawa
jak skarpeta, którą w lepszych czasach faszerował szmalem
tak, jak faszeruje się kwaśną stalą frajerów po obu stronach

rzeki. Widz bierze timeout i odpala szluga, wpasowując się
w zmęczoną twarz kamienicy, pamiętającą wszystkie hokejowe bójki
od Wiosny Ludów począwszy. Któż nie chciałby tańczyć na lodzie,

być jak Gretzky, Crosby czy Łukaszenko? Esta noche i nic więcej,
jedna tylko gęba rozrzedza mgłę dymem. Nad jego głową wisi szmata
– wdowa po dziadzie zmarłym bez wieści kilka sezonów temu.

Nikt nie zaopiekował się wystawiającą jęzor zwłoką, która powolutku
zaczyna przypominać dekorację i pluje jadem na głowy sąsiadów
niższego rzędu. On już wie. Viva Polonia, Killing an Arab, obalić reżim,

pieprzyć wszystkich kibiców rozlicznych barw, którzy solidarnie
chcieliby spuścić wpierdol Alemu Agcy. Bohater gasi peta i odnajduje się
jak brud w pępku świata który, tak jak on wie, czego chce.

Chce walczyć o wolność i dostać wykluczenie, dać się złamać
jak kij na głowie słabszego obrońcy. Chce wyrzucić telewizor
– rozkwasić kineskop bądź kineskopem.

Voilette [praxis]

À trois heures dix-neuf en Pologne, à Powiśle, Polesie
ou Nadodrze, devant sa vieille télé couleur moscovite
et Canal+ piraté, le supporter devient rebelle.

Justement on y passe NHL. La défense des Coyotes est percée
comme sa chaussette, qu'à une meilleure époque il farcissait de cash
comme on farcit d'acier les loosers des deux rives

de la ville. Le spectateur prend un timeout et allume sa clope, il est assorti
à la face fatiguée de l'immeuble qui se rappelle toutes les rixes de hockey
depuis le Printemps des Peuples. Qui ne voudrait pas danser sur la glace,

être comme Gretzky, Crosby ou Loukachenko ? Esta noche et pas plus,
la fumée d'une seule gueule dissipe la brume. Au-dessus de sa tête une cagoule
– veuve d'un caïd disparu sans bruit, il y a quelques saisons.

Personne n'a pris soin de ce cadavre qui montre la langue, qui peu à peu
devient une décoration et crache son venin sur la tête des voisins
des niveaux inférieurs. Il ne doute plus. Viva Polonia, Killing an Arab,
abolir le régime,

niquer les supporters de toutes les couleurs, qui voudraient
solidairement casser la gueule d'Ali Agca. Le héros éteint sa clope et se retrouve
telle une peluche dans le nombril du monde qui, comme lui, sait ce qu'il veut.

Il veut se battre pour la liberté et être banni, se laisser casser
comme une crosse sur la tête d'un défenseur plus faible. Il veut défenestrer
sa vieille télé

– fracasser l'écran ou quelqu'un avec.

Mieszkańcy Kłodzka domagają się prawdy o katastrofie smoleńskiej!

Prawda musi zostać wystawiona: grunt to powietrze.
Grunt to nie wadzić o grunt, nie płakać
o wszechświat. Prawda musi zostać wystawiona.

Sieć bat-mobile stoi na straży snu
i jej raport obudzi cię o dowolnej porze.
Sieć bat-mobile rozsyła twoje smsy wniwecz.

Prawda musi zostać wystawiona: sieć bat-mobile
uprzejmie donosi, że Kłodzko żąda prawdy o.
Telefon pod kroplówką macha rurką tracheotomijną.

Les habitants de Kłodzko exigent la vérité sur la catastrophe de Smolensk !

La vérité doit être dite : au fond, il faut de l'air.
Faut pas être trop terre-à-terre, pas pleurer
sur l'univers. La vérité doit être dite.

Le réseau bat-mobile prend la garde du sommeil
et son rapport te réveillera à tout moment.
Le réseau bat-mobile envoie tes textos vers le néant.

La vérité doit être dite : le réseau bat-mobile
rappelle gentiment que les habitants de Kłodzko exigent la vérité sur.
Le portable en intraveineuse salue avec un tuyau de trachéotomie.

Opluty strikes back.
Naciąga maskę i oddycha głęboko
niczym Darth Vader
lub czytelniczka „Twojego Imperium”.

Opluty strikes back.
Wkłada płaszcz z teflonu,
którego nie ima się ślina,
wychodzi w miasto i cyk!

O-o-opluty, o-o-o-opluty
i cyk!

Opluty strikes back.
Osuwa się na kanapę i zaczyna prasówkę;
spija pianę z ust publicystów
od lewej do prawej.

Opluty strikes back.
W ramach szeroko pojętego
relatywizmu kulturowego czyta wszystkich
także od prawej do lewej, i cyk!

O-o-opluty, o-o-o-opluty
i cyk!

Otu-otu-otu-otuuuutu-tu!

Z tego miejsca słychać wszystkie misheard lyrics.

Opluwają go funkcjonariusze Służby Bezpieczeństwa.
Opluwają go Służebnice Boże.

Le Crachoir strikes back
Il porte un casque et respire lourdement
comme Dark Vador
ou des abonnées à « Ton Empire ».

Le Crachoir strikes back.
Il porte un manteau en téflon
qui ne craint pas le crachat
il sort en ville et clic !

Cra-cra-crachat, Cra-Cra-Cra-Crachoir
et clic !

Le Crachoir strikes back.
Il s'effondre sur le canapé et commence sa revue de presse ;
il sirote l'écume aux lèvres des journalistes
de gauche à droite.

Le Crachoir strikes back.
Dans le cadre d'un relativisme culturel
largement compris il les lit tous
aussi de droite à gauche, et clic !

Cra-cra-crachat, Cra-Cra-Cra-Crachoir
et clic !

La-la-la-làààààààà-là !

De là on entend tous les misheard lyrics.

Crachent sur lui les promoteurs des valeurs progressistes.
Crachent sur lui les attachés aux valeurs actuelles.

Opluwają go Służebnice Boże.
Opluwają go funkcjonariusze Służby Bezpieczeństwa.

A opluty? Strikes back.
Zdejmuje maskę, odwiesza płaszcz
i oddycha głęboko, bo kiedyś na pewno będzie
Darthem Vaderem. Wyjdzie w miasto i cyk!

O-o-opluty, o-o-o-opluty
i cyk!

W którejś części Imperium musi kontratakować.

Crachent sur lui les attachés aux valeurs actuelles.
Crachent sur lui les promoteurs des valeurs progressistes.

Et le Crachoir ? Strikes back.
Il ôte son casque, accroche son manteau
et respire lourdement, un jour il sera à son tour
Dark Vador. Il sortira en ville et clic !

Cra-cra-crachat, Cra-Cra-Cra-Crachoir
et clic !

Dans un épisode l'Empire doit contre-attaquer.

Brukowiec

Mała scena w centrum: dwóch mężczyzn na barierce pod Biedronką.
On był Jezusem, ja byłem Elvisem, obaj w szczytowych momentach kariery;
szerocy w barkach, bankach lub biodrach.

To musiała być wiosna, bo po trawnikach biegały rasowe roadkille,
a na ławkach siedzieli członkowie koła młodych HWDP
i może lepiej, że ograniczali się do siedzenia. Rozsmakowany

w mocy atrakcji, atrakcji aż do wyrzygania – alkoholu, kolegach,
krótkich spódniczkach umiarkowanie uroczych dziewcząt
– żyłbym długo i szczęśliwie, ale kiedyś trzeba było.

Wspominam o wszystkim, bo musisz wiedzieć, że nie mam dobrej prasy
i tobie też nie uda się jej kupić – przyszedł pan i zburzył kiosk,
podręczny symbol załatwiania potrzeb w miejscach publicznych.

Tabloïde

Petite scène en centre-ville : deux hommes sur une rambarde devant un Lidl.
Lui était Jésus, moi – Elvis, tous deux aux sommets de nos carrières respectives ;
forts, fiers et influents.

Ce devait être le printemps, car des roadkillers racés couraient sur les gazons,
et des membres des Jeunesses ACAB étaient assis sur des bancs
et peut-être était-ce mieux qu'ils restent assis. Savourant

un large choix d'attractions, large à vomir – alcool, potes,
jupes courtes des filles au charme passable
– j'aurais eu une vie longue et heureuse, mais le moment venu il a fallu.

Je raconte tout ça, car tu dois savoir que je n'ai pas bonne presse
et tu ne pourras pas l'acheter non plus – ils sont venus et ont démoli notre kiosque,
ce pratique symbole de gestion des envies pressantes dans l'espace public.

Klip

Korespondencja wojenna z oblężonego blokowiska, buziaczki
i odrobina nekrofilii tuż po wieczorynce. Tak zwany prime time.

W tym miejscu wypada wprowadzić pierwszego z bohaterów
lirycznych. Idzie. Niesie kaptur i balaklawę, złoty łańcuch

i złotą płytę. Idzie. Nie mieści się w bicie. Jest szkodliwy
społecznie, zwiększa masę i ryzyko wystąpienia underclass.

Idzie. Jebie policję. A więc zaklął szpetnie,
jebany. Idzie. Reprezentuje biedę. Prowadzi krucjatę,

ciągnie za sobą armatę. Idzie. Wsiada do Lexusa, jedzie.
Reprezentuje biedę szybciej i na większej przestrzeni.

Na scenie pojawia się drugi bohater, nadpobudliwy niby-rycerz.
Na razie nie idzie. Na razie leży w łóżku.

Nie śni o kobietach, nie miewa koszmarów, nie śpi. Czuwa.
Wsłuchuje się w głos najdroższej ojczyzny. Wolna. Kurwa,

szkoda, a więc nie będziemy prowadzić wojen. Szczotkuje zęby,
wkłada garnitur, wychodzi. Idzie. Udziela wywiadu, siada do obiadu.

Mógłby zostać poetą, ma frazę i kilka ulubionych słów. Idzie.
Autoryzuje wywiady, rozbija układy. Spotyka bohatera numer jeden.

Idą. Wychowują, terroryzują, zbierają popleczników. Poplecznik
to człowiek z aparycją bohatera teledysku o kopaniu leżącego;

dzieciak zachowujący się jak szczenię, które swędzą dziąsła. Ponadto,
właśnie teraz, idą. Prowadzą natarcie, obrzucają błotem okna i telewizory.

Zbieram szkło i puszczam farbę. Z wyższego szczebla spada
uboczny efekt przemiany materii.

Clip

Correspondance de guerre d'une cité assiégée, bisous
et un brin de nécrophilie juste après l'intermède de 20h. Soi-disant en prime-time.

Ici, il convient d'introduire le premier héros
lyrique. Il marche, porte capuche et cagoule, collier d'or

et disque d'or. Il marche. Il défonce le beat. Il est nuisible
pour la société, il augmente sa masse et le risque d'underclass.

Il marche. Il encule la police. Il jure atrocement,
l'enculé. Il marche. Représentant la zone. Il mène une croisade

et prépare la canonnade. Il marche. Monte dans sa Lexus, il roule.
Représentant la zone plus rapidement et plus largement.

Un second héros monte sur scène, un chevalier imaginaire hyperactif.
À présent, il ne marche pas. Pour l'instant, il est dans son lit.

Il ne rêve pas de femmes. Ne fait pas de cauchemars. Il ne dort pas. Il veille.
Écoute la voix de sa chère patrie. Libre, elle est. Merde,

tant pis, nous ne mènerons pas de guerre. Il se brosse les dents,
met son costume, et sort. Il marche. Il répond à un entretien, s'assoit à table.

Il aurait pu être poète, il sent la phrase, quelques bons mots. Il marche.
Corrige ses entretiens, casse le système. Il rencontre le héros numéro un.

Ils marchent. Ils éduquent, terrorisent, réunissent des complices. Le complice
ressemble au héros du clip où on tabasse quelqu'un à terre ;

un gosse au comportement de chiot qui se fait les dents. De plus,
à cet instant, ils marchent. Ils assiègent, lancent leur boue contre fenêtres et télés.

Je ramasse les éclats et j'évente la mèche. Les échelons supérieurs font tomber
les effets secondaires du régime transitoire.

Krostka

Szukałem szczęścia, a spotkałem ciebie. To naprawdę
nie jest dobre połączenie: osoba posiadająca pewne cechy

poety i miejsce aspirujące do bycia klubem. Zwiastuję skandal,
małą odmianę – odrobinkę koniugacji w stylu techno:

ty tańczysz, ja prawie, on chce dać mi w mordę. Doceniam cudze
prawo do błędu i świętowania urodzin, ale dlaczego akurat tutaj?

Stań przy kolumnie i powiedz, a ja wyciągnę wniosek. Będzie prosty
jak droga do domu, zupełnie inna od tych, po których się poruszam.

Tymczasem baw się dobrze, bądź brilliant i trendy, bejbe,
niczym biały t-shirt odbijaj stroboskopy. Możesz być wolna za dwoje,

ja z góry dziękuję za taki freedom.

Comédon

Je cherchais la chance, mais je t'ai rencontrée. Ce n'est pas
vraiment une bonne combinaison : une personne qui possède quelques qualités

de poète plus un lieu qui aspire à se nommer club. J'anticipe un scandale,
un petit changement – un peu de conjugaison dans le style techno :

tu danses, moi presque, lui veut me casser la gueule. J'apprécie le droit de l'autre
à l'erreur et le droit de fêter les anniversaires, mais pourquoi ici justement ?

Reste près de la colonne et parle, moi j'en tirerai les conclusions. Simples
comme un chemin vers la maison : complètement différent de celui
que j'emprunte.

Entretemps amuse-toi bien, sois brillante et trendy, babe,
comme un t-shirt blanc, reflète le stroboscope. Tu peux être libre pour
nous deux,

moi, je te remercie d'avance pour une telle freedom.

Blame, Etc.

Naprawdę mogłeś dać sobie na wstrzymanie
z tymi życzeniami ‚dużo miłości' etc.

Naprawdę mnie to nie bawi. Myślałam, że jeśli
nie odpisuję na Twoje wiadomości to komunikat jest jasny,

ale najwidoczniej muszę to napisać wprost:
ZOSTAW MNIE W SPOKOJU i nie pisz do mnie więcej.

Blame, etc.

T'aurais pu être plus réticent
avec l'envoi des vœux « bcp d'amour » etc.

Ça m'amuse pas vraiment. Je pensais que si
je ne te répondais pas, le message serait clair,

mais visiblement je dois être la plus directe possible :
LAISSE-MOI TRANQUILLE et ne m'écris plus.

Call

Lżyj bluesa. Nasyć przester, podkręć środek
i napisz parę piosenek o miłości
lub innych czynnościach, o których nie masz pojęcia.

Zresztą, nieważne – możesz śpiewać po angielsku.

Twoje brzmienie to twoje brzemię, to każda kobieta,
której z wzajemnością zniszczyłeś życie,

to wszystkie błędy w nazwisku
drukowanym na billboardach, biletach i w nekrologach.

I nie chodzi o panienki ani o darmowe drinki,
najważniejsze to zostać legendą, być
jak Robert de Niro, Irek Bieleninik,

jak jutro – nie umierać nigdy.

Call

Maudis le blues. Monte l'overdrive, augmente les médiums
et écris quelques chansons sur l'amour
ou sur d'autres activités dont tu n'as pas la moindre idée.

Mais peu importe – tu peux chanter en anglais.

Ton son est ton carcan, ce sont toutes les femmes
à qui tu as pourri la vie et réciproquement,

ce sont toutes ces fautes dans ton nom
imprimé sur les billboards, billets et nécrologies.

Et il s'agit pas des nanas ni des boissons offertes,
le plus important c'est de devenir une légende, d'être
comme Robert de Niro, Thierry Beccaro,

comme demain – ne mourir jamais.

How, how, how, how

Jak lekki funk unosi się nad brukiem[1].

[1] Wiersz nie powinien zaczynać się w ten sposób,
potrzebne jest tło: gęsta mgła, wściekłe psy, plac Kościuszki.
Delikatny chłód, pusty przekaz, świt.

Chodzę od domu do domu i nie włączam alarmów.
To była bardzo dobra decyzja – nie mogłem spać,
więc wyszedłem. Popatrzeć jak latarnie nie świecą.

How, how, how, how

Comme un funk léger flotte au-dessus du pavé[1].

[1] Un poème ne devrait pas commencer ainsi,
il faut un fond : un brouillard dense, des chiens méchants, la place Kosciuszko.
Un froid doux, un message vide, l'aube.

J'erre d'une maison à l'autre sans déclencher les alarmes.
C'était une bonne décision – je ne pouvais pas dormir,
donc je suis sorti. Regarder les lanternes assombries.

Krokodyl

Kwiecień, zieleń rzuca się na jemiołę. W promieniach UV
i cieniu pasożytów Kamienna, Wrocław, dolnośląskie
wygląda jak Venice Beach, Los Angeles, California.
Chociaż troszkę. A ja stąpam po nieparzystych płytach chodnika,

bogatszy słowem każdego poety sprzedanego w promocji;
żwawszy tkanką z tkanki przeszczepionej od Świtezianki;
twardszy kością z kości dowolnej krowy przemielonej w kotlet.
Odziany w baner każdego sponsora, który mnie zechciał.

Nagi i niczyj. Mijam tornado na Świebodzkim,
mijam tornado przy Eurece. Oblizawszy wargi kontynuuję obchód,
bo tornado obchodzi się smakiem. W Pasażu Niepolda
czterech mężczyzn o zapachu Lacoste, oddechu Czysta de Luxe.

Ich celem jest dominacja, kształtem – kwadrat, poszyciem – „Playboy".
Nadgryzają wzrokiem kobiety o brzuchach płaskich jak ziemia,
w spodenkach krótszych niż historia niepodległego Kosowa.
Chłopcy chcą stawiać je na ostrzu noża, nadziewać na ruszt,

taplać się w ich sosie. Chcą konsumować i pozbawiać opakowań,
ale ktoś im [access denied]. Nie mają chrypki Grega Dulliego,
torsu Marlona Brando, pierwszego kroku Derricka Rose'a.
Wódka nie jest afrodyzjakiem i e! nie może stanowić zaklęcia.

— — —

Och, Akme! Sezamie, otwórz się; Sezamie, odpuść ramiączko;
powtarzaj za mną: wzdrgaj słońce, stop lodowce, zagotuj wodę.

Och, Akme! Co jest tym detalem, który przewracasz w palcach,
który ci niknie w piersi, zdradza twą treść, nadaje tobie kształt?

Crocodile

Avril, le vert agresse le gui. Dans les rayonnements UV
et dans l'ombre des parasites la rue Kamienna, Wrocław, Basse-Silésie
ressemble à Venice Beach, Los Angeles, Californie.
Ne serait-ce qu'un peu. Et moi je marche sur les dalles impaires du trottoir,

enrichi par les mots des poètes vendus en solde ;
plus vivant grâce au Tissu du Tissu greffé de Świtezianka ;
plus dur grâce aux Os des Os de la vache hachée en steak.
Enveloppé des panneaux de tous les sponsors qui voulaient de moi.

Nu et à personne. Je frôle un maelström à la gare Świebodzki,
je frôle un maelström près d'Eureka. Ayant léché mes lèvres je continue
mon tour
car c'est par le bon goût qu'on détourne le maelström. Dans le Passage Niepold
quatre hommes : odeur Lakost, haleine Vodka de Luxe.

Leur but est la domination, leur forme – le carré, leur tenue – « Playboy ».
Ils croquent du regard les femmes aux ventres plats comme la terre,
aux shorts plus courts que l'histoire du Kosovo indépendant.
Ces garçons veulent jouer de leurs couteaux, les embrocher,

barboter dans leur sauce. Ils veulent consommer et déballer,
mais ils se sont vu [access denied]. Il leur manque le timbre de Greg Dulli,
le torse de Marlon Brando, le premier pas de Derrick Rose.
La vodka n'est pas aphrodisiaque et un hé ! n'est pas une formule magique.

__ __ __
Ô Acmé ! Sésame, ouvre-toi ; Sésame, baisse une bretelle ;
répète après moi : remue le soleil, fonds les glaciers, fais bouillir l'eau.

Ô Acmé! Quel est ce détail dont tu joues de tes doigts,
qui s'éclipse dans ton sein, dévoile ton essence, définit ta forme ?

Bo jeśli świat faktycznie jest talerzem z duraleksu,
opartym na czterech ostrzących zęby krokodylach,
to ja jestem na tym talerzu włosem. Jestem na tym talerzu
blizną. Jak ser w mikrofali przetopiony na śmierć.

Car si le monde est réellement un plateau en duralex
qui repose sur quatre crocodiles aiguisant leurs dents,
alors sur ce plateau je suis un cheveu. Sur ce plateau je suis
une cicatrice. Comme un fromage fondu à mort dans un micro-onde.

Wentyl

Wyszedłem jak od siebie z domu. Wróbel leżał na chodniku
i nie żył, a gołąb kroczył z powszednim obwarzankiem u szyi.
Co na to mądrości narodu? Mój światopogląd kolejny raz poległ
w starciu z bliżej niezidentyfikowanym Babilonem.

Jak wtedy, gdy okazało się, że moje koleżanki, osobiście zawzięte
fanki TV Trwam, że one też. I to jak! Wprawdzie bez żalu
za grzechy, za to finezyjnie i niewątpliwie wniebogłosy.
Właśnie wtedy dojrzałem i świat zmieniał się tylko na gorsze:

w moment przy włączonym radiu, po którym wiesz,
że R'n'B to nie jest rhythm & blues w dużym skrócie
a osoba z drugiego końca fali nie może być Opatrznością.

Znów szukałem prawdy i blisko, znów – alarm był fałszywy,
nie zawiódł mnie kłamca, lecz bateria w wykrywaczu.

Mądrości narodu nie rozważają takich sytuacji, nie mają na to czasu.
Otrzymały prawo do strajku, więc krzyczą, domagają się żywiołów;
ciepłej wody i świeżego powietrza. Odpowiedzi dostarcza forum
- user pancogito14 wystukuje przesłanie na miarę nowego milenium:

i, d, alt+x.

Soupape

C'était comme sortir de chez moi. Un moineau était étendu sur le trottoir
sans vie, un pigeon défilait, son bretzel quotidien autour du cou.
Qu'en auraient dit les sagesses de la Nation ? Mes convictions avaient
encore succombé
au duel contre une Babylone méconnue.

Comme la fois où il s'avéra que mes copines, groupies résolues
de TV Catho, y succombèrent aussi. Et comment ! À vrai dire sans regrets
pour les péchés mais finement et, sans aucun doute, avec une résonance céleste.
C'est à ce moment-là que je mûris et le monde ne fit qu'empirer :

ce moment où ta radio est allumée, quand tu comprends
que le R'n'B n'est pas, pour aller vite, du rhythm & blues
et que la personne de l'autre côté de l'onde ne peut pas être la Providence.

De nouveau je m'approchais de la vérité, de nouveau – l'alarme était fausse,
ce n'était pas le menteur qui décevait mais les piles dans le détecteur.

Les sagesses de la Nation ne spéculent pas sur ces situations par
manque de temps.
Elles ont le droit de manifester, elles crient donc, exigent des éléments :
eau chaude et air frais. La réponse se trouve sur un forum
– user monsieurcogito14 tape un message à la mesure du nouveau millénaire :

v, a + ↵.

Response

Thrill is gone, thrill is gone, babe;

– nuci anielica w czwartym akcie Apokalipsy
według Jasia Kapeli – lewackiej superprodukcji
dla młodzieży w stanie silnego upojenia alkoholowego.

Tam są takie kadry, że [wah] rozsuwa rytm,
że wycieka flow, że się budzę z krzykiem,
apetyczny niczym woda z żeliwnego kaloryfera.

Nie gniotę rokędrola, bejbe, nie szukam twoich śladów,
nie biegam po śniegu w białych skarpetkach.
To krótkie epitafium, w bagnie kawał schabu;
cudze hity lata w oczy cudzych kobiet.

Tak, będzie głośno, ale tym razem
hałas nie oznacza wojny, to tylko koniec
pewnej znajomości. Być może ucichnie
bez interwencji z zewnątrz.

Response

Thrill is gone, thrill is gone, babe ;

– fredonne une ange à l'acte IV de l'Apocalypse
selon Jaś Kapela – une superprod gauchiasse
pour la jeunesse en état d'ébriété.

On y trouve de tels cadres que la [wah] écarte le rythme,
que le flow coule, que je me réveille en criant,
appétissant comme l'eau d'un radiateur en fonte.

Je ne suis pas rock'n'roll, babe, je ne cherche pas tes traces,
je ne cours pas dans la neige en chaussettes blanches.
C'est un épitaphe court, une pièce montée dans un bourbier ;
les tubes d'été des autres pour les yeux des femmes des autres.

Oui, ce sera bruyant, mais cette fois-ci
le bruit ne signifiera pas la guerre, seulement
la fin d'une relation. Il se calmera peut-être
sans intervention extérieure.

Anemometr

Żyjemy w czasach ostatecznych
Wojciech Wencel

Początek wiosny. Brodzik przed miejskim basenem
powraca do życia po krótkim zmrożeniu.

Chłopcy, których nie stać na bilet,
moczą w nim stopy i wydłubany z dna szafy
outlet kolekcji jesień-zima 2010.

Nadymając się silnie,
by stworzyć iluzję zagrożeń iście śmiertelnych,
spychają z brzegu łódeczki z kasztanów.

Wykałaczka wbita w pokład promu sunącego do wieczności,
w sytuacji ostatecznego wzmożenia moralnego,
może służyć za włócznię – w walce z niewiernymi
lub ewangelizującymi – tylko po co?

Bo skoro słowo ma celne być, jak torpeda
posłana przez Łukasza Niebodepta
wprost w piętkę pierwszej Gwiazdy Śmierci,
to zaprawdę nie warto zawierzać życia przyrządom.

Lepiej przymknąć oko. W świecie idei bóg znany z imienia
jako Jezus, Budda lub Gabriel Batistuta
może posiadać dokładnie te same właściwości.

Bo nikt nie docieka tożsamości zdradzonych o świcie,
a to przecież za sprawą pirata z roletą na prawym
i obłędem w lewym, trafiają w ładownię jak kamień w wodę:

Anémomètre

« Nous vivons des temps ultimes »
Wojciech Wencel

Début du printemps. La pataugeoire devant la piscine municipale
retourne à la vie après un petit gel passager.

Les garçons qui ne peuvent pas s'offrir une entrée,
y trempent leurs pieds et leurs fringues d'occase
repêchés au fond de l'armoire, collection automne-hiver 2010.

En se gonflant de toutes leurs forces
pour créer l'illusion d'une menace mortelle,
ils poussent leurs bateaux en châtaigne.

En cas d'ultime effervescence morale,
un cure-dents planté sur le pont d'un navire qui glisse vers l'éternité peut
servir de lance – pour battre les infidèles
ou les évangélisateurs – mais à quoi bon ?

Car si le mot doit être précis comme un missile
lancée par Luc Piétineciel
vers la faille de la première Étoile de la Mort,
confier sa vie aux outils ne vaut pas le coup.

Mieux vaut fermer les yeux. Dans le monde des idées un dieu connu
sous le nom de Jésus, de Bouddha ou de Gabriel Batistuta
peut posséder les mêmes caractéristiques.

Car personne ne vérifie l'identité de ceux qui sont trahis à l'aube,
même si c'est à cause de ce pirate voilé du droit
et fou du gauche, que passent dans la cale comme des cailloux négligés :

Polska, Prawda, Protest i Wolność;
Wiara, Solidarność, Literatura i Godło;
Wolne Media, Silna Władza i Równość Wobec Prawa.

Ci, którzy nie rzucą głosów swych na kasztan,
pozostaną na bezpiecznym niegdyś brzegu,
będą mieszkać w domach bez ścian i ognia.

Bo czy można się skryć i ogrzać,
gdy w spiżarniach stoją już tylko słówka
zawekowane w maleńkich słoiczkach, powiedzmy:

dżedajizm, clubbing, swingersi i koklusz;
dziwki, lasery, Pancerne Rowery;
gówno, ekskrement i nieczystość stała?

Nocą, pod gołym niebem apokalipsę zastąpi sen:
dwustronny i przewrotny jak moneta; spocony na półmartwo.

Reszką będzie w nim człowiek bez twarzy,
homogenizowany w domniemanym chłodzie,
strącony jako żywo w transmisji na żywo
w przeterminowane czeluści sera twarogowego Tartare.

A orzeł? Żart suchy jak kasztan w środku kwietnia;
faryzeusz wracający z podróży dalekiej na dwa łokcie
wystawione zza bocznej szyby postnowoczesnej Łady Nivy;
z ojca Polaka i puenta jego mać.

Bo skoro pojęcie narodu jest karą boską,
to każda próba ugrania na nim zbawienia
winna być po trzykroć: be, be, ba-bel.

Pologne, Vérité, Contestation et Liberté,
Foi, Solidarité, Littérature et Emblème ;
Médias libres, Pouvoir respecté et Égalité devant la Loi.

Ceux qui ne monteront pas à bord de leur châtaigne
resteront sur cette rive auparavant sécurisée,
ils habiteront des maisons sans murs ni feu.

Car peut-on se cacher et se chauffer,
si les celliers ne cachent que des mots
conservés dans des petits pots, par exemple :

jediisme, clubbing, swingers, coqueluche ;
putes, lasers, ta mère ;
merde, excréments et impureté éternelle ?

La nuit, sous le ciel nu, l'Apocalypse cédera au rêve :
volte-face réversible comme une monnaie ; à demi-mort en sueur.

Le côté pile représentera l'homme sans visage
homogénéisé dans la froideur présumée,
descendu pour de vrai sur le plateau en direct
dans les abîmes périmées du fromage Tartare.

Et l'aigle de l'autre face ? Une blague sèche comme une châtaigne à la mi-avril ;
un pharisien revenant d'un voyage long comme son bras,
qui dépasse de la fenêtre de sa Lada Niva dernier cri ;
un Polonais de père et point barre sa mère.

Car si la notion de Nation est un châtiment divin,
chaque tentative d'en tirer le salut
devrait rencontrer un triple : bé, bé, ba-bel.

Apokryf

Letni rozkład, plenerowe imprezy do białego rana
lub pierwszego przyjazdu policji. Cudów nie ma.

Po kilku godzinach w pełnym słońcu można dopatrzeć się
ulicznych interpretacji scen z Ewangelii, świętych w japonkach.

Wczoraj na przykład jechałem rowerem i prawie zabiłem Ducha Św.
To musiał być on, bo zwykłe gołębie nie bywają tak niebiańsko białe.

A dzisiaj jest gorzej. Poznałem człowieka, który w piętnaście minut
odegrał monodram na podstawie misterium męki pańskiej.

Wcześniej wydawało się to niemożliwe – tak po prostu, równolegle
grać role mesjasza, Judasza i Magdaleny: upaść, umrzeć i zapłakać;

zmartwychwstać, otrzepać się i iść na dziwki. Czysta perfekcja.
Brudna perwersja. Nawet się nie zająknął, nawet nie przedstawił.

Wycedził tylko przesłanie. Siedzieć i pić czerwone wino
to jak być Bogiem i móc przełknąć cudzą boskość.

Apocryphe

Horaires d'été, festivités en plein air jusqu'à l'aube blanche
ou la première intervention de la police. Il n'y a pas de miracle.

Après plusieurs heures en plein soleil on aperçoit dans les rues
des interprétations de scènes de l'Évangile, des saints en tongs.

Hier, par exemple, j'ai failli percuter à vélo le St-Esprit.
Ça devait être lui, les colombes ordinaires n'ont pas cette blancheur céleste.

Aujourd'hui, c'est pire. J'ai rencontré un homme qui, en un quart d'heure,
a joué seul une adaptation du mystère de la Passion du Christ.

Avant, cela me semblait impossible – d'incarner simplement
et à la fois le messie, Judas et Madeleine : tomber, mourir et pleurer ;

ressusciter, s'épousseter et aller aux putes. Pure perfection.
Sale perversion. Sans hésitations, ni présentations.

Il a juste marmonné le message : rester assis et boire du vin rouge
rend divin et capable d'avaler la divinité de l'autre.

Kampania napotyka opór. Ala ma
antywłamaniowe, a każde drzwi
antywłamaniowe mają jakieś ale.

Nie wszystkie ostrzeżenia drukuje się na paczkach.
Palenie tytoniu pozwoli ci nawiązać szerokie znajomości;
palenie tytoniu może uchronić cię przed sowitym wpierdolem.

A to, że internetowi wszystko robią sami, zbawieniem jest
czy przekleństwem? Ja na Łomży zjadłem zęby [facet z jedynką
jakby wpół niesfornym kapslem], więc wsadź sobie sceptycyzm.

Św. Franciszek z dworca autobusowego nie ma gdzie mieszkać
i jest szczęśliwy, więc bierze chleb, łamie, i rozdając
głodnym ptakom prosi, by chociaż one na niego nie srały.

Jaki pan, taki chłam – z dworca autobusowego nie ma gdzie mieszkać,
a ty rozkładasz ręce, otwierasz piwo wizerunkiem NMP
i nacierasz skórę Józoffem, obrazoburczym środkiem owadobójczym;

w ekumenicznym duchu składasz zdania orzekające, niczego sobie
nie oznajmiając. Nie ma takiej religii, która nie byłaby religią
miłości. Nie ma takiej bajki, której nie dałoby się przerobić na porno.

La campagne affronte la résistance. Tu as
beau installer des portes anti-effraction, Alice,
elle glisse.

On n'imprime pas tous les avertissements sur les paquets.
Fumer du tabac te permettra d'établir de vastes connaissances ;
fumer du tabac peut t'épargner un gros pétage de gueule.

Pouvoir tout faire tout seul sur Internet : est-ce un salut
ou une malédiction ? Je me suis fait les dents sur cette bière [un mec avec une
incisive qui prend la tangente], va te faire avec ton scepticisme.

Saint-François-de-la-Gare-Routière n'a pas où habiter
et il est heureux, donc il prend du pain, le rompt et en le donnant
aux oiseaux affamés il les implore de ne pas lui chier dessus, au moins eux.

Qui cache la dèche a la pêche – celui de la gare routière n'a pas où habiter
et toi, tu hausses les épaules, ouvres ta bière à l'aide d'une image de N-D
et appliques sur ta peau JosephEcran, une solution insecticide iconoclaste ;

dans un esprit œcuménique tu construis des phrases déclaratives,
en ne te déclarant rien. Il n'y a pas de religion qui ne soit une religion
d'amour. Il n'y a pas de conte de fées qu'on ne puisse transformer en porno.

Mad Season

Aerozol planet, żywot wieczny amen.

Hej, dobry Boże z działką nad jeziorem,
przysmażeni po filtr spijamy twoje zdrowie;
w wiadrze krew się mrozi,
[chrup!] orzechy w miodzie.

Musi być tęsknota za kosmosem,
gdy za Pilskiem znika słońce
(pomarańczowy Spalding
muska siatkę kosza na biohazard
a Żywiec miękko ląduje za chmurtyną).

Wiesz, wykminiłem taki capstrzyk,
higieniczny dowód na istnienie ciebie:
le grande finale i błyski, no pomyśl
– ktoś musiał umyć te wszystkie okna!

Na dalszym brzegu coś zaczyna się,
Jasne.

Mad Season

Aérosol planétaire, la vie éternelle amen.

Coucou, bon Dieu au terrain lacustre,
grillés aux limites des indices solaires, nous buvons à ta santé ;
le sang se glace dans un seau,
[croc !] les cacahuètes au miel dans un pot.

Une universtalgie apparaît
quand le soleil sur Pilsko disparaît
(un Spalding orange
effleure le filet du panier de biohazard
et Żywiec atterrit en douceur derrière les rideaux nébuleux).

Tu sais, j'ai inventé cette alerte,
la preuve hygiénique de ton existence :
la grande finale et les flashes, tu vois ?
– quelqu'un a dû nettoyer toutes ces vitres !

Quelque chose débute sur une rive lointaine,
C'est clair.

Antyrama

To doprawdy zatrważające, że nie istniały już żadne sensowne powody
do miłości. Tak, jak w każdej innej epoce: zarabialiśmy pieniądze

i przesuwaliśmy linię frontu, żarliśmy i spalaliśmy żydokalorie.
Albo: sypialiśmy nago i długo, by potem oświadczać się

przypadkowo i czysto higienicznie. Istniał świat, były kobiety
i nieodpowiednie ilości alkoholu, Bóg, śmierć i proste przyjemności

w tak zwanym międzyczasie. A jednak – nie kochamy się
i sąsiedzi nie mają nam absolutnie nic do zarzucenia.

Cadre sans bordure

C'est épouvantable. Il n'existait plus de bonnes raisons
d'aimer. Oui, comme dans toutes les époques : nous gagnions de l'argent

et repoussions la ligne de front, bouffions et brûlions des judéocalories.
Ou bien : nous dormions nus et longtemps pour ensuite nous demander
en mariage

fortuitement et hygiéniquement. Le monde existait, existaient les femmes
et des quantités non-raisonnables d'alcool, Dieu, la mort, et les plaisirs simples

dans un prétendu entre-temps. Et pourtant – nous ne nous aimons pas
et nos voisins n'ont absolument rien à nous reprocher.

&

Tak se tłumacz, chłopcze.

Całuj w czółko chińską podróbę Fendera
i śpiewaj o kobietach – śpiewaj głośno,
bo tylko to Ci pozostało:

fałsz i najprostszy determinizm, jeden erotyk
na jedno życie. Bądź wierny, to daleko nie zajdziesz.

Poczyniłam pewne kroki i od tej pory
wszystkie oczy wpatrzone w ciebie
będą należeć do mnie.

Wszystkie sterczące sutki
na wszystkich bekstejdżach świata
będą miały kształt bliźniaczo podobny do moich,

a wszystkie żywioły staną po stronie biednych i uciśnionych
– to mnie będą bronić, chłopcze.

Usiądę na schodach, żeby wywołać wilka.

Pójdę do fotografa, żeby odwołać twoje zdjęcia.

Zaczynałam sauté, a wychodzę w płaszczu, chłopcze.
W lodówce zostawiłam dla ciebie złośliwość rzeczy martwych.

&

Prends-le ainsi, petit.

Embrasse la tempe de ta fausse Fender chinoise
et chante à propos des femmes – chante fort,
il ne te reste que ça :

de fausses paroles et un déterminisme de base, un poème érotique
pour une seule vie. Sois fidèle et tu n'iras pas loin.

J'ai anticipé et dorénavant
tous les yeux qui te fixeront
seront les miens.

Tous les seins pointés
dans tous les backstages du monde
auront une forme jumelle des miens,

tous les éléments passeront du côté des pauvres et des démunis
– c'est moi qu'ils défendront, petit.

Tu pourras crier au loup, je le ferai entrer dans la bergerie.

J'irai chez le photographe tirer sur tes photos.

J'étais une bleue. Sortie avec mon manteau, petit,
je t'ai laissé dans le frigo la perversité des choses inanimées.

Oran-yeah!

I tym razem wcale nie chodzi o narkotyki.
Soccer opiera się na emocjach, kibicach,
pieniądzach, szamponie przeciwłupieżowym.

W ustach brytyjskiego sprawozdawcy Dutch
brzmi jak bitch, gdy Arjen Robben mija
kolejnych niepiśmiennych potomków Szekspira

i oddaje strzał, precyzyjny niczym podział pracy
w przystadionowym handlu: produkują żółci, sprzedają czarni,
zarabiają biali. I wszyscy są zadowoleni, bo tak musi być,

bo fani nie wiedzą, że życie przypomina czasem
futbolową sytuację sporną. Że powtarzana do znudzenia
prawda obiektywna dostępna jest dla wszystkich

poza głównymi zainteresowanymi. Ponadto jest gol
i jeśli Holendrzy mieliby jakiekolwiek surowce mineralne,
to po tej akcji wydobycie wzrosłoby o kilkanaście procent.

Ostatni gwizdek rozpoczyna dionizje. Dzieje się:
przegrani wracają klasą turystyczną, pomarańcz spływa ulicami
Cape Town a Jimi Hendrix pospiesznie aranżuje Wilhelma z Nassau.

Oddając głos do studia wierzę, że gdyby Bóg istniał
i zechciałby zrobić mi dobrze, to w wielkim finale
zasiedlibyśmy w jednym sektorze.

Oran-yeah !

Cette fois-ci encore il ne s'agit pas de drogues.
Le foot se base sur des émotions, des supporters,
de l'argent, un shampoing anti-pelliculaire.

Dans la bouche d'un commentateur britannique le mot Dutch
sonne comme bitch quand Arjen Robben dribble
chaque descendant illettré de Shakespeare

et marque un but, précis comme la division du travail
dans le commerce autour du stade : les Jaunes produisent, les Noirs vendent,
les Blancs en tirent profit. Et chacun est satisfait, le monde tourne ainsi,

car les fans ignorent que la vie ressemble parfois
à une situation conflictuelle sur le terrain. Qu'on répète en boucle
la vérité objective, elle est accessible à tous

sauf aux intéressés. De plus il y a but
et si les Néerlandais avaient des ressources naturelles,
après une telle action leur production flamberait d'une dizaine de points.

Le sifflet final ouvre les dionysies. Ça remue :
les perdants rentrent en économique, l'orange se déverse dans les rues
du Cap et Jimi Hendrix adapte prestement Guillaume de Nassau.

Avant de rendre l'antenne je crois que si Dieu existait
et voulait me faire du bien, pour la grande finale
on serait tous assis dans le même virage.

SELA VIP

W kosmosie nie ma siedzących. Światu tyje równik,
z perspektywy śmiecia jest to wyobrażalne przynajmniej.
Ściągam stąd wszystko, co zdołam przetworzyć.
Fajerwerki zamiast dachu nad głową, puste puszki
zamiast kasy na prowiant. Ogień.

Niepotrzebny nikomu, wciśnięty tylko w państwo,
krwiobieg podatku. To jest elektryczność,
która parzy w dłonie; to są wodociągi,
które drążą glebę. To jest drobiazg tak zbędny,
że aż go szkoda nazwać. Jestem azofoskiem,
użyźniam. Przekształcam cudze grunty
w ziemię niczyją – sieję, zbieram,
burzę.

C’est la vip

Pas de places assises dans l’univers. L’équateur du monde grossit,
la perspective du déchet rend cela au moins imaginable.
De là je fais venir tout ce que je peux transformer.
Des feux d’artifice à la place d’un abri, des canettes vides
à la place des tickets resto. Feu.

Inutile, enfoncé seulement dans l’État,
circulation sanguine de l’impôt. C’est l’électricité
qui brûle les mains ; ce sont les canalisations
qui creusent la terre. C’est un détail tellement insignifiant
que ce n’est pas la peine de lui attribuer un nom. Je suis ammonitrate,
je fertilise. Je transforme la terre d’autrui
en terre de personne — je sème, récolte,
la brise.

Dykta

Pierwsza, ale jednak bliżej drugiej; noc iska się,
burzy. Z trudnością powrotu: z kałuży
w kroplę, z miliona kropel w comeback.

To jest świat, który mnie czeka;
świat, w którym mam złotą kartę,
któremu jestem wierny,
który mi daje dwadzieścia procent gratis.

Trud ością powrotu. To jest pasja,
która łamie żebra; dans makabr
jako pociąg znaleziony poza torem,
pociąg zakończony na podłodze.

To jest weselny pociąg z refrenem;
to jest żałobny pociąg na kondukt.

Chłopek w koszuli z zaśniedziałą spinką,
wiejskie wesele niemalże bez ofiar;
żeberka-bioderka na popularną melodię:
wykoleo-leo, wykoleo-leo-lao-li.

To jest pociąg pasażerski,
paździerz wypełniony mięsem.

To jest pociąg pasażerski,
pieprzyk nieopodal rzęsy.

To jest pociąg pasażerski, pomylony
przez po. Boga z solniczką:

===/=;===/=;===/=;

Gnôle

Une, et bientôt deux ; la nuit se grise,
s'électrise. Le retour est difficile : une flaque
et puis une goutte, un million de gouttes et puis un come-back.

C'est ce monde qui m'attend ;
monde où j'ai ma carte gold,
auquel je suis fidèle
et qui me fait une remise de vingt pour cent.

Le retour est fissile. C'est une passion
qui brise les côtes ; une danse macabre,
un petit train qui déraille,
et termine à terre.

C'est le petit train d'une soirée de noces avec un refrain ;
un petit train de deuil pour un cortège funèbre.

Un type en chemise avec une pince patinée ;
une noce rurale quasiment sans victimes ;
sur les côtes, sur les jambes, et sur un air populaire :
déraillez-oh-oui, déraillez-ohé

C'est un petit train de voyageurs,
un trop plein de viande.

C'est un petit train de voyageurs,
un p'tit grain de sarabande.

C'est un petit train de voyageurs, qu'un Dieu
par intérim a confondu avec une salière :

=== /=;=== /=;===/=;

akcja serca w normie.

===/=;===/=;===/=;
światek pościelony ostrzej.

Z takiej pasji mógłby zrodzić się cudowny biznes,
jak po szynach – leży, śmieje się.

fréquence cardiaque normale.

===/=;===/=;===/=;
un petit monde bordé plus serré.

Une telle passion aurait pu donner un business juteux,
comme sur des rails – rit-il par terre.

Czech Airlines

Podczas nocnej warty, ze stanowiska przy Kamzikovej 5,
Praga przypomina miasteczka z kraju bunga-bunga,
z ich ciasnymi uliczkami, zamszonymi pelargoniami
i naściennym brudem, godnym rewitalizacji.

Podczas nocnej trawy w dzielnicy Praha 1 Mojżesz ma dość
i kładzie na to lachę. Tłum nie rozstępuje się.
Nad Mostem Karola krążą ptaki podświetlone w Duchu Świętym
a w blasku Hradczanów grzeje się złe, które miesza nam ścieżki.

Oczko początkującego spadochroniarza odbija strach
i miasto – spowity mgłą ekstruder do wyrobów mącznych,
efektywny jak piekło korzystające z dobrodziejstw outsourcingu,
pozbawiony skrupułów i umiaru. Ma dość rąk do pieczenia chleba

i wciąż gąb, by wyczyścić podaż. Pod ziemią jest już nadto nawozu:
kąkol wgryzie się w żyzny grunt i nadprogramowa biletostacja
nie zmieści się w taryfikatorze, łypiąc swoim sewenhundertkorunicz.
W tym starciu nie sposób odnieść choćby i moralnej wiktorii,

bo z tej perspektywy Czechy są zalkoholizowane, zdepenalizowane
i nie można o nich opowiadać mamie. Seksualne, ale nie tak,
jakbym sobie tego życzył; nie w tym towarzystwie, kształcie
i stylu. Bo problem jest inny, niż by wskazał marketing

– ściśle pozafarmaceutyczny, i to ty nim jesteś. Bo czy warta śmierć,
by rozrzucać szczątki, zamiast po ludzku otworzyć spadochron?

I czy warte dziewczę, by porwać samolot, wzlecieć i późno w noc
zasłynąć o najwyższe piętro Sky Tower? Bo to by było na miejscu:
raz w życiu zachować się jak mężczyzna; nie mrugać, nie płakać,
nie patrzeć w wybuch. I w końcu, a co żołnierzu kobieta twa

Czech Airlines

Depuis ma garde de nuit, poste 5, rue Kamzikova
Prague ressemble aux bourgades du pays de bunga-bunga,
avec ses ruelles étroites, ses géraniums mousseux
et ses saletés sur les murs qui mériteraient une réfection.

Depuis sa nuit herbée, quartier Praha 1, Moïse en a marre :
il s'en bat le bâton, la foule ne s'ouvre pas.
Au-dessus du Pont Charles tournoient des oiseaux illuminés par le Saint-Esprit
tandis que le malin se réchauffe dans l'éclat du Hradchin, brouille nos chemins.

Dans l'œil du jeune parachutiste se reflètent et la peur
et la ville – cette extrudeuse de pâte farineuse entourée de brouillard,
efficace comme l'enfer bénéficiant de l'externalisation,
dépouillée de scrupules ou de modération. Elle a assez de mains pour
pétrir le pain

et assez de bouches pour épuiser l'offre. Trop d'engrais sous la terre :
une nielle s'introduira dans le sol fertile et ce tickarrêt imprévu
ne rentrera pas dans le budget, nous fixant avec son sevenhundred couronnes.
Cette confrontation ne nous laissera pas même une victoire morale,

car dans cette perspective la Tchéquie est alcoolisée, dépénalisée,
une histoire à ne pas raconter à maman. Sexuelle mais pas comme
je l'aurais souhaité ; pas en cette compagnie, pas sous cette forme,
pas dans ce style. Le problème est différent de celui prôné par le marketing

– il est strictement extra-pharmaceutique, et tu l'es. La mort est-elle
de disperser ses restes ou bien ouvrir simplement son parachute ?

Est-ce que cette fille le vaut ? De détourner l'avion, de décoller tard dans la nuit
et de s'immortaliser au dernier étage de la Sky Tower ? Voilà ce qu'il faudrait :
être un homme une fois dans sa vie, ne pas avoir froid aux yeux, ni pleurer,
ni regarder l'explosion. Enfin, soldat, qu'est-ce que ta Praguoise dorée

ze złotej Pragi dostać ma, bo jeśli przyjmiemy wędrówkę dusz
za immanentną, to czy możliwa będzie zmiana trasy?
Bo nawet ze wsparciem deus ex machiny nie zawadzi synchronizacja,
jednoczesny *výstup a nástup* – reinkarnacja poprzez abordaż.

Z wilgotnego powietrza na Florenc, *přestupni stanice*.
Z Wyszehradu w gwarny bruk styku dzielnic. Z uśmiechem
i naiwną wiarą w cudze miłosierdzie, bo przecież
wyjście awaryjne obsługuje kierowca.

attend de toi, car si on admet que le périple des âmes
est immanent, leur chemin peut-il encore être modifié ?
Même si un *deus ex-machina* t'accompagne, une synchronisation ne
fera pas de mal
Výstup a nástup conjointement – réincarnation via abordage.

Depuis l'air humide vers Florenc, *přestupni stanice.*
Depuis Višehrad vers le pavé bruyant à la limite des quartiers. Avec le sourire
et une foi naïve en la miséricorde de l'autre, puisque
c'est au chauffeur d'activer l'issue de secours.

Kanada

Wyobraź sobie kolejne warstwy cieknącego lodowca, śnieg
w październiku, grudniu, styczniu, lutym i marcu

– martwy naskórek, a pod nim zwierzęta wypchane białą śmiercią.
Inuici mają ponad czterdzieści określeń na śnieg, a my

musimy wspierać się wyrazami powszechnie uznawanymi za obraźliwe.
Wyobraź sobie kieszonkowy słownik, a w nim tegoroczną zimę, minę

przeciwpiechotną i kredyt konsolidacyjny, wszystko pod hasłem:
wrzód na tyłku o przedłużonym terminie ważności.

Potem kładziesz się w pościeli miękkiej jak papier toaletowy, śnisz
nowomowę i widzisz ludność cywilną zamiast pomyłki, trzydzieści ciał

w workach zamiast incydentu. Autor z miejsca podaje się do dymisji,
bo ileż można pisać o potopach i o tym, że spadł śnieg, tyle śniegu,

że nawet dzieci nie wiedzą co z nim zrobić. Wobec zimy zwykły chuj
wydrapany na szybie starego, źle zaparkowanego forda escorta

wydaje się być żartem w stylu angielskim. W butach i kurtkach,
nie w Polsce i zadumie. A teraz pomyśl, że też możesz być zwiastunem

– mieścić się w granicach, lecz myślami być już na zewnątrz.

Canada

Imagine les couches d'un glacier qui fondent une à une, la neige
en octobre, décembre, janvier, février et mars

– épiderme stérile cachant des animaux rembourrés de mort blanche.
Les Inuits possèdent plus de quarante noms pour la neige alors que nous

devons recourir aux termes généralement considérés comme insultants.
Imagine un dictionnaire de poche contenant l'hiver de cette année, une mine

antipersonnel et une consolidation de prêt, le tout sous l'entrée :
emmerde à validité prolongée.

Puis tu t'allonges dans des draps douillets comme du papier toilette, tu rêves
de novlangue et tu vois des civils plutôt que l'erreur, trente corps

sous plastique plutôt que l'incident. L'auteur démissionne immédiatement,
car écrira-t-on longtemps encore sur les déluges et la neige, tant de neige

que même les enfants ne savent plus quoi en faire. Face à l'hiver une simple bite
tracée sur la vitre d'une vieille Ford Escort mal garée

ressemble à une blague à l'anglaise. En chaussures et en vestes,
pas en Pologne et en mélancolie. Et là, songe que toi aussi tu peux être
un présage.

– rentrer dans le moule, tes pensées déjà à l'extérieur.

Pressing

Wojna przypomina futbol?
To futbol przypomina wojnę, najpewniej.

Króla strzelców w niemym filmie z Mateuszem Borkiem;
capriciosę, capuccino, cosa nostrę.
Zoom na kryzę. Krzyżowy ogień w środku pola,
gdy, z lekkim rozmachem,
zdmuchnięty przez czerwono-czarnych,
Giuseppe Meazza padł.

Przypomnijmy:
Giuseppe Meazza związany był ze środowiskiem futbolowym;
to się stadionom czasem zdarza.

Albo lata dziewięćdziesiąte w Europie Środkowo-Wschodniej
i żaden tam Dino Baggio, tylko Dworzec Centralny w Warszawie.

Podchodzi do ciebie Wojciech K.
– oskarżony o zmarnowanie wielkiego talentu –
w wytartym dresie z eLką
i zamiast najzwyczajniej w świecie sprzedać mecz,
najzwyczajniej w świecie sprzedaje dowcip z brodą
i prosi o papierosa.

A ty naciągasz na oczy czapeczkę
z napisem Widzew Łódź - Mistrz Polski 1996,
rzucasz grajkowi wymiętego Camela
i, odwróciwszy na pięcie, na cały dworzec
wrzeszczysz: Marek Citko, Marek!,
bo co właściwie miałbyś zrobić?

A mógł zabić. Dokładnie tyle i tylko tyle
w kwestii działań zbrojnych na starym kontynencie.

Pressing

La guerre rappelle le foot ?
C'est le foot qui rappelle la guerre, justement,

le tireur d'élite dont s'exaltait un Y. Riou dans un film muet ;
capriciosa, capuccino, cosa nostra.
Zoom sur une collerette. Tirs croisés au milieu du terrain,
quand, avec peu d'élan,
emporté par les Rouge et Noir,
Giuseppe Meazza est tombé.

Rappelons-le :
Giuseppe Meazza était lié au milieu du foot ;
ça arrive aux stades quelquefois.

___

Années quatre-vingt-dix en Europe centrale et orientale
sans rien du genre de Dino Baggio, plutôt Gare Centrale de Varsovie.

Voilà que s'approche de toi Wojciech K.
– accusé d'avoir gaspillé un talent énorme –
dans son vieux jogging au logo de Legia Varsovie
et au lieu de tout simplement te vendre le match
il te vend une vieille blague
pour s'acheter une cigarette.

Et tu tires sur tes yeux ton bonnet
au logo des Widzew Łódź Champion de Pologne 1996,
tu lui jettes une Camel fripée
et, lui tournant le dos, tu cries
à travers la gare : Marek Citko, Marek !
Qu'aurais-tu pu faire d'autre ?

Il aurait pu te tuer. Rien à ajouter
à la question des conflits armés sur le vieux continent.

G (FADE out)

Teraz to granica w punkcie; dalej nie będzie
już żadnych bezpiecznych kontaktów.
Dom służy wyłącznie cięciu paznokci.

Sława Śląska ewoluuje w Sławę Wielkopolską
i zegar mieści się już tylko na dworcu;
w żadnej bajce nie było tylu manowców.

Marynarka pozostawiona gdzieś w Lubuskiem
staje się poduszką zagubioną w Łódzkiem,
i w to właśnie wydają się wierzyć buddyści.

Mój namiot nie ma tropiku; on posiada
w standardzie planetarium! Mistyk rezonuje brzozą.
Dawno stąd mógłby liczyć na dowolne dywidendy,

a teraz wytarty portfel; dwie martwe dusze wewnątrz.
Doszliśmy do punktu, w którym każda ciąża byłaby
ciążą niechcianą, bo mogłoby z niej wyskoczyć dziecko.

G (FADE out)

Maintenant, ce point est devenu frontière, au-delà
il n'y aura plus de contacts sécurisés.
La maison ne sert qu'à se couper les ongles.

La Gloire de Silésie évolue dans la Gloire de Grande-Pologne
et seule la gare peut abriter l'horloge ;
aucun conte de fées ne contient tant de fausses pistes.

Une veste abandonnée à la hauteur de Lubuskie
devient un oreiller perdu à Łódź,
c'est en cela que semblent croire les bouddhistes.

Ma tente n'a pas de revêtement ; mais on y a inclus
un planétarium ! Le mystique raisonne par le bouleau.
Autrefois il pouvait compter sur n'importe quel dividende,

et maintenant sur un portefeuille éraflé : deux âmes mortes à l'intérieur.
Nous avons atteint le point où chaque grossesse serait
une grossesse non désirée, car un bébé pourrait en résulter.

Exit

Beskid Żywiecki jest podmiotem odpowiedzialnym
za ewolucję metaforyki w literaturze polskiej.

W sierpniu pewnego roku pańskiego popularny topos rozdartej sosny
został zastąpiony nowym, równie iglastym – upadłym świerkiem.

Właśnie w Beskidach, na skutek jakże nieprzyjaznej atmosfery
dokonała się czystka etniczna – wybito do pnia znaczną część

monokultur świerkowych. Szlag trafił wszystkie szlaki.
Zostaliśmy zupełnie sami, w punkcie z widokiem

na marne. Depcząc wyprodukowane w Chinach,
a opłacone przez polskich podatników, ślady papieskie

chwilami dotykałem nieba, pytałem: kto obierze świętego za patrona?
Ekumenicy, cukiernicy, praszczury wadowickiej turystyki?

I jeśli nadzieja naprawdę ginie ostatnia,
to kto gasi światło?

Exit

Les monts Beskid de Żywiec sont le sujet responsable
de l'évolution des métaphores dans la littérature polonaise.

Au mois d'août d'une année de grâce, le topos populaire du pin brisé
fut remplacé par un autre, tout aussi conifère – le sapin déchu.

Ce fut justement dans les Beskid, qu'eut lieu un nettoyage ethnique
en raison d'une atmosphère malveillante – on y éradiqua presque
jusqu'à la souche

les plantations en monocultures de sapin. Forêt déchue, chemins foutus.
Nous restâmes tout seuls avec une vue sur

le vain. Piétinant les traces de pape
produites en Chine et financées par les contribuables polonais

par moments je touchais le ciel, je m'interrogeais : pour qui sera-t-il le
saint patron ?
Les œcuméniques, les pâtissiers, les précurseurs du tourisme à Wadowice ?

Et si l'espoir meurt vraiment en dernier
qui donc éteint la lumière ?

Glossaire

Cacophonie
v. 9 : *mellotron* : instrument à clavier lisant des échantillons de sons enregistrés sur bande magnétique.

v. 12 : *trafic perturbé* : dans l'original "la ville de Rabka et les travaux". Cette petite ville balnéaire dans les Carpates se trouvait sur la route nationale 7 de Cracovie à Zakopane, en travaux d'élargissement depuis des dizaines des années.

Voilette [praxis]
v. 2 : *Powiśle* [lire: povichlé] – quartier de Varsovie ; *Polesie* [lire : Poleché] – quartier de Łódź ; *Nadodrze* [lire: nadodjè] – quartier de Wrocław.

v. 11 : *Gretzky, Crosby* : Wayne Gretzky et Sidney Crosby – joueurs de hockey canadiens mondialement connus. *Loukachenko* – Alexandre Loukachenko, président et dictateur biélorusse, par ailleurs grand admirateur de hockey.

v. 18: *Ali Agca* [lire: Ali Adja]: ancien militant d'extrême droite turc, connu notamment pour avoir tenté d'assassiner le pape Jean Paul II le 13 mai 1981.

Les habitants de Kłodzko exigent la vérité sur la catastrophe de Smolensk !
v. 1 : *Kłodzko* [lire : Kouotṣko] : une ville de province en Pologne centrale.

v. 1 : *catastrophe de Smolensk* – accident survenu le 10 avril 2010 à Smolensk (Russie) où l'avion avec le président polonais Lech Kaczynski s'est écrasé lors d'une tentative d'atterrissage ne laissant aucun survivant parmi les 96 personnes à bord. L'événement a été vécu par la population comme une catastrophe et a ensuite donné vie à de nombreuses théories complotistes sur les causes de la tragédie (dont un attentat perpétré par la Russie, celle-ci refusant jusqu'à aujourd'hui le retour d'épave d'avion), divisant profondément et causant des clivages au sein de la société polonaise.

Le Crachoir strikes back

v. 1 : *le crachoir* : en polonais : Opluty, littéralement « celui sur qui on a craché ». Référence au poème *Le crachoir* de Marcin Świetlicki (né en 1961), poète et musicien polonais. Le poème est devenu également paroles d'une chanson écrite par Świetlicki pour son propre groupe.

v. 4 : *Ton Empire* (en pl. *Twoje Imperium* [lire: tfoïé imperioum] : titre d'une revue télé-people qui existe réellement en Pologne.

v. 23 : *les promoteurs des valeurs progressistes* : dans l'original *les Services secrets*, cette référence faisant allusion aux attachés aux valeurs de l'ancien système communiste, sert d'insulte pour désigner les partisans de gauche.

v. 24 : *les attachés aux valeurs actuelles* : dans l'original *les Servantes de Dieu*, une référence ironique pour désigner les partisans de droite.

Tabloïde

v. 2 : *Lidl* : dans l'original Biedronka, une autre chaîne des magasins du type Lidl, d'ailleurs son plus fervent concurrent en Pologne.

Clip

v. 2 : *juste après l'intermède des vingt heures* : une référence à un dessin animé diffusé dans la télévision publique polonaise avant le JT de 19h30. Par ailleurs, ce bloc pour les enfants « avant d'aller au lit » lancé dans les années 1950 a cessé d'être émis en 2013, deux ans après la publication polonaise du recueil.

v. 10 : *Représentant la zone* : littéralement « représentant la pauvreté » ("Reprezentuje biedę"). Une référence au tube (2004) du rappeur polonais Peja (né en 1974).

v. 19 : *Corrige ses entretiens* : en Pologne la loi de presse exige l'autorisation des interviews et entretiens par l'interviewé avant la publication.

Call
v. 2 : *overdrive* : effet utilisé dans la création de sons saturés ; *les médiums* – autres effets sonores.

v. 12 : *Thierry Becaro* : Irek Bieleninik dans l'original : journaliste et présentateur télé.

How, How, How, How
v. 4 : *place Kosciuszko* : place Tadeusz Kosciuszko, nommé après le héros de l'indépendance polonais (1746-1817). Présent dans de nombreuses villes en Pologne, notamment à Wrocław où Bąk place l'action de ses nombreux poèmes de ce recueil.

Crocodile
v. 11 : *maëlstrom près d'Eureka* : lieu de rencontres à Wroclaw proche de la librairie Eureka (qui a malheureusement fermé ses portes quelques années après l'écriture de ce point).

Soupape
v. 7 : *TV Catho* : dans l'original TV Trwam : chaîne de télévision catholique-nationaliste en Pologne.

v. 18 : *monsieurcogito* : référence au personnage littéraire créé par le poète polonais Zbigniew Herbert (1924-1998, l'ensemble de son oeuvre est publié en France par Le Bruit du Temps dans la traduction de Brigitte Gautier).

v. 19 : *va* : est le dernier mot du poème “Péroraison de Monsieur Cogito” : « Sois fidèle, va » (trad. Brigitte Gautier 2013).

Response
v. 4 : *Jaś Kapela* : poète et écrivain, militant de gauche célèbre.

Anémomètre
v. 3 : *Wojciech Wencel* : journaliste et poète, sympathisant à des idées du parti nationaliste et conservateur Droit et justice (gouvernant le pays entre 2015 et 2023).

v. 34 : *ta mère* : dans l'original *Pancerne Rowery* (fr. vélos blindés), nom du groupe de musique rock alternatif.

Mad Season
v. 8 : *Pilsko* : deuxième sommet des montagnes Beskid de Żywiec, faisant partie des Carpates .

v. 11 : *Żywiec* : nom de chaîne de montagnes dans les Carpates en Pologne et aussi nom d'une marque de bière populaire.

Oran-yeah !
v. 6 : *Arjen Robben* : ancien footballeur international néerlandais évoluant au poste d'ailier droit. Avec l'équipe nationale des Pays-Bas, il est un cadre de la sélection durant plusieurs années, il participe aux grandes compétitions internationales disputées par les Oranje, parvenant

notamment en finale de la Coupe du monde de 2010 en Afrique du Sud, perdue face à l'Espagne (1-0).

Czech Airlines
v. 9 : *Hradchin* : quartier de Prague (Tchéquie) avec le château, attraction touristique majeure.

v. 31 : *vystup a nástup* : (en tchèque) montée et descente.

v. 32 : *Florenc* – gare routière principale de Prague, *prestupni stanice* (cz.) : correspondance.

Pressing
v. 4 : *Y. Riou* : dans l'original Mateusz Borek, journaliste et commentateur sportif.

v. 16 : *Wojciech [lire: Voïtchékh]* K. : Wojciech Kowalczyk, ancien footballeur de Legia Varsovie, puis Betisu Sevilla. Connu pour sa langue franche et une position très conflictuelle avec le monde du sport.

v. 26 : *Marek Citko* : ancien footballeur de Widzew Lodz, club "ennemi" de Legia Varsovie.

G (FADE out)
v. 8 : *Lubuskie* : nom d'une voïvodie (région) en Pologne.

Exit
v. 2 : *Beskid de Żywiec [Besquide de Jévyetz]* : montagnes faisant partie de Carpates.

Remerciements et note

Nous sommes très reconnaissants envers le poète pour la confiance et l'aide qui ont été les siennes durant le cheminement de la traduction.

Nous tenons à remercier tout particulièrement toutes les relectrices et tous les relecteurs pour leurs suggestions et corrections durant le projet, notamment Manon Rolland, Małgorzata Królińska, Błażej Zarzecki, Isabelle Macor, Cécile Bocianowski, Eric Dussert et Blaise Guinin.

Merci également à Anna Tomoń, Artur Ceyrowski, Thomas Kurc, Maciej Topolski et Joanna Bocią̨g pour leurs connaissances pointues de certains sujets abordés par l'auteur.

Nous sommes reconnaissants aux premières revues françaises ayant publiés les poèmes de Tomasz Bąk, parmi lesquelles : *Sarrazine (Mars. Éclipses ; Cacophonie ; Chine), Po&Sie (Yes ! I'm long way from home ; & ; Le Crachoir strikes back ; Tabloïde ; Call et Cathédrale), et Europe (Canada ; Apocryphe ; C'est la vip ; Exit).*

Achevé d'imprimer en octobre 2024
par Pulsio Print
impression U.E.
dépôt légal : 4ème trimestre 2023
ISBN : 978-2-35963-116-6
ISSN : 2557-8367